飯塚書店エタニティ叢書――02

句集 セントエルモの火

―NHK全国俳句大会入選俳句集成―

龍 太一

飯塚書店

目次

立ち睡る悍馬

「郭公」主宰　井上康明

龍太一氏が句集を出されるという。かつて龍氏は、飯田龍太選を受け、「雲母」に投句していた。現在「郭公」に投句を続けている。この度の句集は、この間、ＮＨＫ主催の全国俳句大会に応募、特選、秀作、佳作、入選した作品を一集としてまとめ、世に問おうとするものである。

龍氏との初めての面晤は、ＮＨＫ全国俳句大会の壇上である。平成二十七年一月二十五日、ＮＨＫホール。龍氏は、坊城俊樹氏の特選の作者として和服の羽織姿で壇上に居た。私は選者の一人。その時の句が次の一句である。

静電気帯び逆光の枯野人

逆光の枯野に立つこの人は現代に生きる人であり、そこに作者も投影されているだろう。

シルエットになって静電気を帯び、全身が逆立っている。静電気は不快な現象ではあるが、ここには作者の批評と心象の陰影があろう。情景は鮮明、枯野に立ち尽くすシルエットが浮かび上がる。

一方、自然のなかに生きる野生馬を詠んだ作に、平成十四年度、金子兜太選特選の

　　しし座流星群野生馬は立ちて睡る

がある。毎年十一月半ばには、しし座流星群が現れる。特に平成十三年は大出現であり、それを詠んだのだろう。金子兜太氏は、選評のなかで流星の光芒と野生馬の膚の光りと双方の生々しい交感を語っている。

荒々しい野生を秘めた馬は、流星群の光りを浴びることによって更に新しい命を得、蘇るかのようだ。しし座は、乙女座の西に位置する星座。獅子は百獣の王とも呼ばれるように、その名称からも立ちつくす悍馬は流星群の光りを浴びて高貴な聖性を帯びる。立ったまま睡る姿には、不敵な野生が宿る。華麗にして荒々しく鮮明な世界である。

また、こんな静謐を描いた作もありその作品の振幅を示す。

図書館は森の静けさ日の盛り

平成十七年度の作品、夏の図書館を詠む。冷房の効いた万巻を積む書庫、閲覧室、窓からは周囲の緑が透けて見える。その図書館自体がひとつの生きている森であるかのように夏の日差しのなかに佇み存在する。

龍氏の作品は、省略の効いた鮮明な情景をみずみずしい詩情とともに描き出す。同時に豊かな物語を孕み、たっぷりと男の浪漫を湛えている。

龍太一氏のこの度の句集出版をことほぎ、今後の作品に期待したい。

第一部　黎明

（第1回大会～第6回大会）

○入選「平成11年度」（第1回大会）

新築の新涼の灯のともりけり

読みふける詩に夜風吹く九月かな

住み馴れて機微知りつくす村の秋

鳥渡る処女航海の紺の中
おほかたの人生未完いわし雲

★大会大賞「平成12年度」（第2回大会）

春はあけぼの初産の妻ねむり

大串　章　特選

春の暁、「初産の妻」が安らかに眠っている。「春はあけぼの」というフレーズは、清少納言の『枕草子』に出てくる有名なフレーズ。その清少納言も、かつて結婚して子を生した、とものの本に書いてある。出産という人生の大仕事（！）を終わって、清少納言も安らかに眠ったのであろうか。時空を隔ててふとそんなことが思われる。

坪内稔典　特選

言うまでもなく「春はあけぼの」は『枕草子』冒頭の有名な一節。その一節を引いて、初産を清少納言にまで祝ってもらう趣向だ。あけぼのの薄明りの中で眠っている妻の顔は、利発な清少納言に少し似ているのかも。

○入　選「平成12年度」（第2回大会）

思ふまま水澄み水の都たり

未熟なる柚子まだおのが香を知らず

瀧凍てて修験の山の閉ざさるる

夕立の去りて夜目利く外厠

縦横に澄む水路ゆく嫁御舟

雪嶺に庇護され棚田耕せる

こぼれ種うかと芽を出す小春かな

東京へ初めて臨む受験の子

初めての嬰《こ》に対面の露浄土

唇にふれ林檎太初の紅さもつ

◎秀　作「平成13年度」（第3回大会）

冬日向駱駝飼はれて老いにけり

有馬朗人選

神々の山々背負ひ雪解川

大峯あきら 選

うす暗き蔵に神栖む鏡餅

鈴木六林男 選

○入　選「平成13年度」（第3回大会）

火を熾すことからはじめ秋刀魚焼く

死期くればみなこの世去る露の村

仏壇の灯る台風圏の家

永き日や浮いては沈む海女暮らし

ニューヨーク宛祖国発餅の便

☆特　選「平成14年度」（第4回大会）

しし座流星群野生馬は立ちて睡る

金子兜太 特選

大自然を画きとる。夜空に「しし座流星群」、地上に「野生馬」。しかも野生馬は「立ちて睡る」。いかにも野生馬らしい野性を如実に。滅多に地球に現れない大流星群の光芒が馬に届いていて、馬の肌に光りの艶が感じられる。双方の生々しい交感さえ受取れてくる。

◎秀　作「平成14年度」（第4回大会）

世界史はおほかた戦史餅を焼く

伊丹三樹彦　選

青空に凧引くちからありにけり

稲畑汀子、中原道夫　選

○入　選「平成14年度」（第4回大会）

外は白雪図書館の書架と椅子

寒鯉のものおもふゆゑ髭ありぬ

◎秀作「平成15年度」（第5回大会）

熊除けの鈴を譲りて卒業す

藤田湘子選

法隆寺詣でのバスも暮春かな

山田弘子選

○入　選「平成15年度」（第5回大会）

帰り花散華を競ふこともなし

肩書に還暦加へ豆撒けり

北国の墓地に棒挿す雪支度

子のたたく寒柝銀河までとどく

源流の雲の真下の雪解川

裸子に宿題重くありにけり

水馬水の鏡に止まりけり

畦の草刈って十五夜さま迎ふ

終戦日海はうねりてをりにけり

大海の水平線に草矢うつ

大海の沖を押し上ぐ雲の峰

◎秀　作「平成16年度」（第6回大会）

少年は真夏の木なり育ちをり

岡本 眸、鍵和田秞子 選

○入　選「平成16年度」（第6回大会）

寒柝の銀河をくぐりゆきにけり

永き日を余さず使ひ大工去る

天体の運行正し夜干し梅

永平寺冬こそ黒衣美しき

帰宅して時計を外す夜の秋

攻め馬の荒息湯気す今朝の冬

越境をせし筍の掘られけり

身の丈にあまる制服入学す

電線が家々つなぐ雪解村

啓蟄の麺麭工房に生地睡る

雪嶺に別れを告げて離農せり

天心の太陽昏む野焼かな

渡り鳥出土の古銭売られをり

風習の土葬を守り露の村

啓蟄のにはとり土をつつきをり

第二部　希望

（第7回大会〜第12回大会）

◎秀作「平成17年度」（第7回大会）

図書館は森の静けさ日の盛り

茨木和生、廣瀬直人 選

しんと水しんしんと青空寒鮒釣

長谷川櫂 選

白藺の現身の影宿しけり

正木ゆう子 選

影もまた光の一部黒揚羽

高野ムツオ選

銀漢に攫はれさうな岬馬

鍵和田秞子選

○入　選「平成17年度」（第7回大会）

バス降りて銀河を仰ぐ帰省かな

夜濯や亡き妻銀河旅行中

藁更へし厩舎静かや天の川

夕焼けて東京湾の航路混む

母馬の睫毛にふりぬ春の雪

恋猫に一番星の出でにけり

吾子と同齢記念樹の松手入

一町は共鳴の箱閑古鳥

○入　選「平成18年度」（第8回大会）

抛げあげしごとく月ある焼野かな

寒鯉の沈思に耽りをりにけり

亀鳴くや唐招提寺諸堂裏

沖に出てすぐ湾上の春の月

田水張り鏡の国にねむりけり

無精髭生えおぼろ夜の当直医

永き日の浚渫船の長居かな

細々と魚干す暮らし土用波

波乗りの青年土用波に立つ

◎秀　作「平成19年度」（第9回大会）

大仏のおんん耳ゆたか秋の声

倉田紘文　選

人は灯を灯は人を恋ひ雪の暮

鷹羽狩行　選

○入　選「平成19年度」（第9回大会）

馬の眸の瞳大きな良夜かな

寒泳の青年魚類の裸身もつ

啓蟄の畝に差し置く地温計

春月のいづこも死角なき故郷

片側は朝日にめざめ露の村

寒林のどの木も影を死蔵せず

端居して胎児いたはる身重妻

返り咲く花の一輪一葉忌

弥勒仏指にて秋の声を聴く

声をもて一群率ゐ鶴帰る

◎秀作「平成20年度」（第10回大会）

月に跪坐して吾輩は蟇である

大石悦子、正木ゆう子 選

裏は十字架の仏たち島の盆

金子兜太 選

○入　選「平成20年度」（第10回大会）

那須岳が風の源流干菜吊る

夜学の灯銀杏の奥にともりけり

卒業の校歌は山河讃へけり

藍染めの藍よく染まる月夜かな

門限を待ち巣燕の土間戸鎖す

もぎたてをはふり込みたる柚子湯かな

高原の宿のランプの明け易し

あちこちの田に案山子立つかかし展

無名なることにやすらぎ山眠る

闇に夜目利く梟と納戸神

菊花展賑はひ遺作展静か

仮の世に人は名を負ひ雁渡る

少年はいつも空腹大夕焼

雪の夜の円空仏は木に還る
星団を曳き連れ那須の北颪

◎秀作「平成21年度」（第11回大会）

もの売って成り立つ暮らし草の市

宇多喜代子 選

菊人形斬奸状を胸に差す

小原啄葉 選

炉は父が焚き夕野火は長子焚く

黒田杏子、正木ゆう子 選

◎佳作「平成21年度」（第11回大会）
〈この年度より「佳作選」が新設される〉

鏡中はいつも逆光一葉忌
高野ムツオ選

沿海に雲ゆたかなる涅槃像
長谷川櫂選

野のいのちみな野に帰り枯れ静か
星野高士選

◎入選「平成21年度」（第11回大会）

豊穣の海うねりおり鐘供養

東京にまだ田が残り初燕

イエスにも釈迦にも賢母山眠る

短日の人に帰る灯ありにけり

冬銀河人間誰も臍をもつ

☆特　選「平成22年度」（第12回大会）

寒鯉の徹頭徹尾個に徹す

鷹羽狩行 特選

寒中の鯉が水底でじっとしている。餌もあまり食べず、動作も鈍く、ひたすら寒さに耐えている。この寒鯉はたぶん真鯉であろう。他の鯉と泳ぎ回ることもなくおのれだけに執着しているようだ。「個」は孤独の「孤」にも通う。その徹底ぶりが「テツトウテツビコニテッス」の強固なしらべにも出ている。

◎秀作「平成22年度」（第12回大会）

粒揃ひなる斑鳩の芋の露

寺井谷子 選

前線と銃後交信クリスマス

坊城俊樹 選

ひとつづつ生き群れをなす赤蜻蛉

宮坂静生 選

聖杯のごとく湖抱き山眠る

高野ムツオ選・西村和子（佳作）選

◎佳　作「平成22年度」（第12回大会）

擦れ違ひざま日焼子の日のにほひ

稲畑汀子選

屋根よりも欅の高き良夜かな
今瀬剛一選

螢火の明滅荒々しき熊野
高野ムツオ選

○入　選「平成22年度」（第12回大会）

散逸の工具の行方鳥雲に

端居してこのごろ膝をいだく癖

畏父のごとまた慈母のごと山眠る

試し吹きして草笛の鳴らぬ数

神宿るものを人懼づ秋の蛇

しばらくは即かず離れず蝶の恋

白雲の戸口に群るる夏炉かな

山の名に仏名多し露の秋

天文学佳境の講座夜の秋

木にラジオ掛けて摘花の林檎園

弧をえがく終着駅の銀河かな

廃校にのこる校歌碑春讃ふ

水澄みて山河に冴かへりけり

花は葉に校歌やうやく諳んじて

老人が逝き緑蔭のベンチ空く

個々に下り一斉に翔つ寒雀

敷藁を換へて良夜の馬房かな

眠りけり晩夏の海と水平に

第三部　光芒

（第13回大会〜第19回大会）

◎秀作「平成23年度」（第13回大会）

土着とは役担ふこと夏祭

鷹羽狩行 選・矢島渚男、大木あまり（佳作）選

◎佳作「平成23年度」（第13回大会）

落日の光芒長し光悦忌

宇多喜代子 選

肘といふ美しきもの藍浴衣

大木あまり選

○入選「平成23年度」（第13回大会）

太陽はにんじんの色復活祭

刃物研ぎあげて良夜の果てにけり

女人らはみな鏡持ち水の秋

両毛は江戸の裏庭柿の秋

雨脚の足音あまた春隣

分身の童子寄り添ふ芋の露

突然に沖に巨船や今朝の秋

罅り痕ある神饌の鏡餅
列島の弓なりに反るヒロシマ忌

◎秀　作「平成24年度」（第14回大会）

生まれたる仔馬にのこす無月の灯

正木ゆう子 選・高野ムツオ（佳作）選

○入　選「平成24年度」（第14回大会）

ねむるかに召されしと聞く良夜の訃

螢よりさびしきものぞ岬の灯

風変はり瀧音変はる秋の山

ペガサスと奔馬霜夜に放し飼ふ

水まとふ星に生まれて川蜻蛉

ハイデッガーも道元も見し山の月

黄落や黙禱捧ぐニューヨーク

ひと日づつ重力増せり胡瓜棚

下野の万緑に裸馬放ちけり

閑古鳥杜の森閑深めけり

雪解川鬼怒から利根へ名を襲げり

日本間の明かりはんなり雛祭

天の川から電話くる螢狩

柚子風呂や贋作のなき赤ん坊

病む人の合はせ鏡にさくら咲く

新刊書携へ森林浴に赴く

新妻の授乳の乳房柿若葉

新米を先づ仏飯として供ふ

障子貼り替へ新天地めく書斎

◎秀　作「平成25年度」（第15回大会）

おのが檻死ぬまで照らす籠螢

有馬朗人選

○入　選「平成25年度」（第15回大会）

穂芒に風のすがたのありにけり

危ふさの極みの瀧の上の水

夕映えを土に鋤き込む棚田打

母は亡し母のせしごと梅干せり

人にみな母国のありて雁の秋

☆特　選「平成26年度」（第16回大会）

静電気帯び逆光の枯《かれ》野《の》人《びと》

坊城俊樹 特選

何か不思議な現代人の姿を思う。髪の毛から手足まで静電気に逆立つシルエットだけが見えて目鼻が見えてこない。枯野とはものみなすべてがこのような逆光のシルエットに覆われ、寒々とした乾燥の世界を象徴する。あたかも自然と乖離した人間を象徴する如く。

◎秀　作「平成26年度」（第16回大会）

大和より山科鄙び竹落葉

有馬朗人選

◎佳　作「平成26年度」（第16回大会）

イエス痩せ釈迦は豊満地虫鳴く

今井　聖選

○入　選「平成26年度」（第16回大会）

天地無用の荷の届く信長忌

身の回りいざ片付けん風は秋

釣竿を銀河にあづけ夜釣人

夕空は帰心にあふれ赤蜻蛉

梟の三百六十度月夜

風呂の湯も雪もまっさら旅始

二人住み四つの瞳露深し

本音聴いてくれさう螢袋かな

若竹の思ひの丈をのばしけり

鉛筆の芯折れたまま夏休み

生みたての玉子のぬくみ枯るる中

此処も誰かの見納めの景夏野原

深空から引っ張るちから凧揚がる

「寒」といふ字に一徹の気骨あり

桃咲くや分水嶺は雲の中

天の川くぐるにも腰かがめ母

祝ぎ唄といへど哀調鳥曇

瞼なき魚の眼うるむ芽山椒

柚子を捥ぐ庭師紺足袋紺法被

◎秀　作「平成27年度」（第17回大会）

硯にも須磨にも海のある良夜

有馬朗人選・池田澄子、鷹羽狩行（佳作）選

火はものの滅びゆくいろ冬景色

稲畑汀子、宮坂静生 選・櫂未知子、寺井谷子（佳作）選

焚き付けは蛇の舌ほどなる野焼

正木ゆう子 選

シャンソンのやうな淡雪町にふる

金子兜太 選

○入選「平成27年度」（第17回大会）

はんざきのこの世半信半疑の眼

書写山も夢《ゆめ》前《さき》川《がは》も良夜かな

煎薬は香りも苦し水中り

学校は児童の巣箱風光る

忿《ふん》怒《ぬ》にも吃水線や葉月潮

杣人は凡そ陸封山桜

滴りや水でつながる山と海

若葉してみづみづしきは典座の手

かな止めの俳諧おもき芒かな

富士山を丸抱へして水の秋

蟻も人も地に働きて原爆忌

乾鮭の歯を剥き出して吊られける

人計る物差は人天の川

短夜や蛇口に覗く水の舌

火は太古からの旅人雁供養

針箱は妻の箱庭小六月

闇もまた佳墨のごとしみどりの夜

鶯や柄の手になじむ竹箒

ウイスキー箱の焼印建国日

木々に瘤木々に踝漆搔

太陽に回帰線あり鯨にも

東京は埋立の都市鳥渡る
絵本から森立ちあがるみどりの夜
春眠といふ遠浅の海にゐる

磨りあげし硯海青し月の寺

裸木も星も赤裸々甲斐の国

春愁ひ鏡裡は一人称世界

一山の呼吸岩の呼吸苔清水

甲斐盆地てふ一壺天春の月

ゴルゴダの丘を一望麦の秋

◎秀　作「平成28年度」（第18回大会）

有馬朗人、稲畑汀子、西村和子、正木ゆう子　選・小川軽舟（佳作）選

草市の灯の点きてまた売れはじむ

夏井いつき　選

にはとりの面貌尖る涅槃西風

大串　章　選

一月の川龍太亡き谷の中

◎佳　作「平成28年度」（第18回大会）

流刑地のやうな裏庭昼の虫

夏井いつき選

○入　選「平成28年度」（第18回大会）

二人から家族始まるみどりの夜

長兄に父の面影盆用意

裏山は小鳥の聖地実万両

冬眠の蛇絡み出づ城普請

七十億人中の一人と螢狩

生き死には世の入れ替り竹の秋

うつし世は影絵の世界竹の秋

夏暁や羯諦羯諦懸巣くる

濁流の澱みの渦に蝮の子

影が影追ひ夕焼の鬼ごっこ

言霊の幸《さきは》ふ国の吉書揚

撓みつつ伸びつつつ飛騨の雁の棹

白桃の相触れ傷みあふ二つ

髪刈って双耳賢し夜の秋

田から田へ風を乗り継ぎ赤とんぼ

酔芙蓉紙風船のやうに咲く

風雲や空にも人の身にも秋

◎秀　作「平成29年度」（第19回大会）

水もまたねむりに即きぬ冬の暮

宇多喜代子 選

青空を削る峠の氷店

高柳克弘選・寺井谷子（佳作）選

日に乾き光りに濡れて蛇の衣

稲畑汀子選

売れのこるものの火に帰す草の市

今井聖、小澤實、宮坂静生選

斧一打谺一声春隣

片山由美子、三村純也 選・有馬朗人、高野ムツオ（佳作）選

東京は銭湯の街大西日

今井 聖 選

睫毛向けあひ母鹿と子鹿ゐる

宇多喜代子、寺井谷子 選

春はあけぼの人が人産むちから

夏井いつき 選

しみじみと雨や濁世のかたつむり

星野高士 選

◎佳　作「平成29年度」（第19回大会）

どの家の灯も父を待つ夕野分

高野ムツオ 選

山に訊く山の理茸狩

高柳克弘 選

鳥渡る北半球に陸多く

鷹羽狩行 選

天上の星みなはだか枯木山

高野ムツオ、夏井いつき 選

銀漢と鉄路終着駅にあふ

坊城俊樹 選

鶏頭花四五本月光浴の庭

寺井谷子 選

○入　選「平成29年度」（第19回大会）

風もまた大地の動き牡丹ちる

草むらに露の瞳あまた螢狩

仮りの世のかりそめの露墨に磨る

丹沢の影のしかかる代田かな

風に乗り冬野を日向移りゆく

辺境も一夜の都十三夜

枯蟷螂に郎党のなかりけり

寸鉄の光一閃囮鮎

遠足のやがて故山となる野ゆく

山々に産ぶ声挙げる蕗の薹

カーテンを閉めて日の短さをいふ

落石の歳月かさね山眠る

光源はおのれの生命螢籠

山系に水系派生植樹祭

衆愚には与せぬ歩み蟇

地平線の果は真うしろ夏至夕べ

一歩づつ下界離るる登山道

蜘蛛の子を山野に散らす野分かな

静電気帯びぬなきがら冬旱

茅舎忌や青嶺にセントエルモの火

朝顔の小筆の莟ほどきけり

大筆の莟ほどきて花菖蒲

声のなき天のいとなみいなつるび

月光の生絹の糸を紡ぐ蜘蛛

縄文も弥生も土中小六月
たふるるとみれば飛翔へうつる鶴
籠抜けのカナリヤ加へ百千鳥

深川は銭湯の街芭蕉の忌

百代の過客百度桜咲く

刀魂を研ぎ出す研師寒霞

仏壇に一夜の宿り螢籠

春はあけぼの母の立つ夢枕

大伽藍より降臨の瑠璃揚羽

繭ごもるごと熟睡の雪夜の子

屋号知るやうに宿場の初燕

盆の燭消して亡き父母休ませる

大菩薩嶺ゆ風花散華かな

芋の露こぼさぬ茎の揺動《ゆらぎ》かな

水中に石の宮殿山女魚釣

郭公の谺故山に弥る

月光の翳かさねあふ白牡丹

冬銀河咫尺に甲斐の山河置く

国中《くんなか》は盆地の古称雁渡る

仔馬長睫毛雪国生まれなる

眼鏡折り畳み短夜寝《い》につきぬ

大牡丹ほのほを吐いて開きけり

万緑や送電線は休まざる

おほかたの生物に耳みどりの夜

万緑をつなぐ吊り橋畑通ひ

ひたむきに瞳を先立てて鬼やんま

雪折れの木の芯に朱のあはれあり

また乳ぜり泣く子にさやぐ夜の蟬

跋文にかえて

俳句は「座」と「邂逅」の文学である。

古来、「座」の文学であった俳諧は、子規、虚子以来、古い体質であった座の文学から脱却し、一般文化からも認知される「現代俳句」へと生れ変っていったように見える。

しかし、現代俳句においても、人と人のつながり、絆を大切にする日本文化のよさを内在する、日本における最短詩形の文学である俳句は、座の文芸であることを捨て去ることはなかったのである。

その証左として存在するものが、現代俳句にあっても、なお、存在意義を肯定せざるを得ない「俳句結社」であることは疑うことのできない事実である。

おおかたの俳句作家たちは、ごく希れな一部の作家を除き、いずれかの俳句結社にその作品活動の「座」を求めて、結社の主宰者を俳句の「師」と仰ぎ、日々切磋琢磨につとめているのである。

ここにこそ、俳句が「俳句」である所以がある。

俳句は、選者の「選」をうけてこそ認知される文芸なのである。他の表現態様の文芸のジャンルでも、この点では、少なからず「選ばれる」ことは否定しないが、俳句は、特段に、一句、一句をすべて選者の「選」に委ねなければ成り立たない文芸なのである。

たとえ、作家として、十分に表現の意義を満たし得たと自負した作品であったとしても、選者の「選」という関門と「光り」を与えられなければ、その作品は日の目をみることなく、永久に暗闇に没し去ることになるのである。

俳句作家によって生み出された俳句は、まだ赤子のように独り立ちできない。選者の「選」という母乳を与えられ、育てられることで、漸くその作品は、俳句としての身分と輝きを与えられ、俳句として成り立つことができるのである。

作者個人によって表現された「個の認識」が、「選者の認識」と邂逅し、受容されることで、はじめてその作品は「普遍性」を得て、この文芸の中で評価されることになる。

その意味で、俳句は、作家個人と選者との「共同作品」でもあるといえよう。

道元の名著として、その哲学的内容をもって世に名高い「正法眼蔵」現成公案（げんじょうこうあん）の中に次の一節がある。

「自己をはこびて万法を修証するを迷とす。万法すすみて自己を修証するはさとりなり」

「仏道をならふといふは自己をならふ也、自己をならふといふは万法に証せらるるなり」

俳句も然り、仏道とは俳句であり、万法は選者であり、読者であり、自己とは作品である。

著者は、十代後半に俳句との邂逅を得たものの、その後得た家族と俳句との乖離から生じた確執により、三十代はじめに、止むを得ず俳句を断念、五十代前半に、漸くその確執から解放されて俳句の世界に帰ってきた「帰り新参者」である。断念中も俳句を忘れることはできず、細々と作品は作りつづけてはいたものの、どこにも発表の場を持たない存在であった。

そのような時に出合った邂逅の場が、NHK全国俳句大会であったのである。

爾来、光陰の過ぎゆく中、凡そ二十年、毎年欠かすことなく投句をつづけ、選者との邂逅を求めてきたのである。

そして、先年、NHKホールの壇上で、「郭公」主宰、井上康明先生との邂逅と知遇を賜り、さらに、飯塚書店創業七十周年企画との望外の機縁に恵まれ、ここにその二十年間の集大成として本句集を発刊する運びに至ったのである。

ここにあらためてNHK全国俳句大会での多くの選者の先生方、並びに大会事務局の皆様方、また句集発行の機縁を与えてくださった、飯塚書店の飯塚行男様に対して深甚なる謝意と敬意を表明し、更に、著者の一番の理解者、応援者として、うしろからそっと背中を押して励ましてくれることで著者を支えてくれている現在の妻に対して、この上ない報恩の念を捧げるものである。

さらに、それにもまして、高い敬意を払うべきお方が井上康明先生です。帰り新参者である著者を大きなお心で迎えて下さり、態々、この句集発行の為に貴重なお時間をお割き下さり、あまつさえ序文をお寄せ下さった井上康明先生に対しまして、生涯を懸けて感謝と報恩の念を捧げさせていただきます。

兎も角、この句集が、著者の作品と選者の先生方との邂逅の証として認知されるならば幸甚の極みである。

俳句歴五十年以上（中断はあるものの）を閲しても、なお、道遠し。この道の暮れるまで、更なる邂逅を求めて精進を重ねなければならない。

句集発行を機にみずからに誓うことは、新たなる俳句への挑戦の一歩を力強く踏み出すことにほかならない。

平成三十年二月

龍　太一

著者略歴

龍 太一（りゅう たいち）

1943年　栃木県上都賀郡永野村上永野（現、鹿沼市上永野）生れ。
1962年　凸版印刷（株） 経理部勤務。
1963年　凸版印刷 休職中（病気入院中）に「獺祭」主宰、細木芒角星先生に師事して俳句との邂逅を得る。（のち獺祭退会）
1971年　5年遅れて入学した駒澤大学卒業。
1972年　母校駒澤大学に奉職。
1973年頃、「雲母」に入会して飯田龍太先生との知遇を得る。ほどなく龍太選での巻頭次席に推されるも、家庭内の俳句をめぐる確執により雲母退会を余儀なくされる。
50代前半に確執から解放され雲母復帰の道を模索するも、時すでに遅く雲母終刊。爾来20年間NHK全国俳句大会への投句を続ける。
2015年　「郭公」主宰、井上康明先生との邂逅と知遇を得て郭公入会。郭公への投句の傍らNHKへの投句を継続中。

現住所　〒329-1577 栃木県矢板市玉田193-1
電　話　0287-48-2674

表題「セントエルモの火」解説

［セントエルモ（St.Elmo）は船員の守護聖人］
雷雲が接近したとき、船のマストや教会の尖塔、また山頂から発する青紫色の光。先端放電。→コロナ放電。これをセントエルモの火という。

——三省堂「大辞林」より——

飯塚書店エタニティ叢書――02

句集『セントエルモの火』

――NHK全国俳句大会入選俳句集成――

平成三十年四月十五日　第一刷発行
平成三十年七月二十日　第二刷発行

著　者　龍　太一

発行者　飯塚　行男

発行所　株式会社　飯塚書店
http://izbooks.co.jp
〒一一二-〇〇〇二
東京都文京区小石川五-十六-四
☎ 〇三（三八一五）三八〇五
FAX 〇三（三八一五）三八一〇

印刷・製本　日本ハイコム株式会社

ISBN978-4-7522-8102-3